바람에 기대어

이 도서의 국립중앙도서관 출판예정도서목록(CIP)은 서지정보유통지원시스템 홈페이지(http://seoji.nl.go.kr)와 국가자료종합목록 구축시스템(http://kolis-net.nl.go.kr)에서 이용하실 수 있습니다. (CIP제어번호 : CIP2019034010)

바람에 기대어

시와정신

■

시인의 말

어머니 칠순 때, 나는 어머니의 가냘픈 손을 잡고 약속
한 가지를 드렸다. 그 약속은 '어머니'라는 타이틀을 가
지고 개인전을 열어 드리고 싶다고 말씀드렸다. 그때 어머
니는 환하게 웃으셨다. 아마도 어머니는 바쁘게 살아가는
아들에게 "그 약속을 지키지 않아도 괜찮아, 그 마음만 받
을게"라는 표현으로 내 등을 쓰다듬어 주신 것 같다. 나는
그 약속을 23년이 지나 어머니의 임종 때까지 이루어 드리
지 못했다. 늘 바쁘다는 핑계를 대며, 그리고 어머니 역시
그 약속을 언급한 적은 한 번도 없었다. 어머니는 늘 내 편
이셨고 힘들 때마다 내 손을 잡아주셨지만 아들에게 부담
될 말은 입 밖에도 뻥끗하지 않으시는 분이셨다. 아무도

눈치 채지 못했겠지만 나는 어머니의 작은 비석 앞에서, 파릇파릇 자라나는 잔디를 쓰다듬으며 부끄럽지만 또 한 번의 약속을 드렸다. 약속은 상대방이 있어야 지켜지는 것이지만, 그 약속은 어머니의 묘 앞에서 내가 나에게 했던 약속이었다.

그 두 번의 약속은 내게 아직 유효하다. 내가 아직 살아 있기에 가능한 일이고, 사실 그 약속을 지키기 위해 하루를 이등분해 이틀을 사는 듯 살아가고 있다. 마음속에서 지울 수 없는 어머니의 환한 미소는 내게 동력이 되고 에너지가 된다. 첫 번째 약속, 개인전은 시간이 조금 더 필요할 듯하지만, 가을이 깊어가는 날 두 번째 약속인 시집 출간이 이루어져 오랜 시간 기다려 준 어머니를 뵐 면목에 소풍 가는 전날처럼 마음이 한껏 들떠 있다. 어머니는 늘 내 곁에 계실 때에도 불현듯 바람처럼 몰려오는 그리움이었다.

틈틈이 써놓은 시들을 정리하다 보니 가장 많이 사용된 단어를 끄집어낼 수 있었는데 그것은 '그리움'이었다. 그 그리움은 나를 끌고 여기까지 온 모티브였고, 끊임없이 나를 재촉한 발걸음이었다. 밤을 밝히는 빛나는 별빛이었고, 지친 나를 만지고 지나가는 바람이었다. 그리고 40년을 살아도 문득 문득 생소해지는 이방인의 아픔이었다. 내속엔 그 희로애락의 순간 모두가 그리움으로 각인돼 마음에 새

거져 있다. 기억의 앨범 속에 고스란히 감춰져 있던 시간들을 펼치면 시 한 구절이 노래처럼 입술에 담겨진다. 어머니와의 두 번째 약속을 준비하며 시집 첫 장에 들어갈 문장을 정리하다보니 벌써 그리움이 깊어가고 있다.

그리움이 창가에 앉아 나를 부르고 있다.

나의 첫 번째 시집 『바람에 기대어』를 어머니께 드립니다.

2019년 9월

신호철

차 례

___ 제3부

___ 제5부

제1부

그대를 만나게 되리

나 어느 날 그대를 만나게 되리
반갑게 그대를 만나게 되리
나 종일토록 그대를 찾아 헤매도
내 입술의 노래 마르지 않음은
날 사랑하기 때문에

나 가장 좋은 것으로
그대에게 드리고 싶네
내 눈의 눈물 마르지 않네
허물과 실패 두렵지 않음은
날 사랑하기 때문에

나 그대를 그리워하네
나의 삶을 다 드려
그대의 집에 머물고 싶네
길이 없는 곳에 길을 내심은
날 사랑하기 때문에
날 사랑하기 때문에

바람에 기대어

바람에 기대어 나는 늘 살아왔네
소리 내 우는 바람에 기대어 살다가
평생 잊을 수 없는 단 한 사람
그대를 사랑하며 마음 졸였네
그저 지나칠 수 없는 바람에 기대어
깨어나고 잠들 때도 있었네

바람에 기대어 나는 늘 살아왔네
지울 수 없는 나의 사랑은
봄의 꽃잎으로 피어나 무작정
그대를 찾아 떠나는 길이 되곤 했네
어디선가 그대 향기 실은 바람이 불면
오늘도 한껏 기울어져 그대를 보고 있네
내 마음 흔드는 바람에 기대어
깨어나고 잠들 때도 있었네

한 얼굴이 있습니다

한없는 기다림의 들길에서
마주하는 한 얼굴이 있습니다
언덕 위 노을 타오르면
달려가 안기고 싶은 날들도 지고
뒤돌아도 보이는 한 얼굴이 있습니다
노을 길게 퍼지는 언덕
내게 한 그루 나무가 되어 주는 사람
굽이 내리는 마을까지 환한 별빛이 되어
끝내 시린 손 부벼주는 한 얼굴이 있습니다
하루가 지는 창가에 걸터앉아
그리운 손끝, 바람으로 다가와
휑한 내 볼을 쓰다듬는 한 얼굴이 있습니다
눈을 감아도 눈을 떠도 잊혀지지 않는
내겐 그리운 한 얼굴이 있습니다

이별 인사

풀꽃이 질 때
이별 하나 운다

풀꽃이 질 때
풀꽃보다 고운
그대가 운다

바람처럼 그대는
어깨를 떨며
고개 숙인다

노을 아래 언덕
풀꽃보다 그리운
그대가 묻힌다

그러며 꽃 피는 것이다

혼들린다고
단단하지 않은 건 아니다
혼들린 만큼 단단해지는 것이다
꽃도 흔들리며 피고
갈대도 목까지 누워도
다시 일어나는 것이다
청청한 소나무도 처음
여린 순 내밀고 흔들린 만큼
뿌리 깊이 내리는 것이다

내 어머니도 흔들리며 날 키우셨다
아픈 만큼 사랑하며 보듬으셨다
흔들리는 모든 것은 아프고 또 아프다
지나보면 그 아픔으로
꺾이지 않고 자라는 것이다
그러며 푸르러지는 것이다
다만 견딜만한 시간이 필요할 뿐
처음은 누구나 다

그렇게 흔들리는 것이다
그러며 꽃 피는 것이다

숲으로 모입니다

숲으로 모입니다

보라색 패랭이꽃도
노란 은행나무도
붉게 물든 단풍나무도
푸르른 솔나무도
온갖 색의 조화로 빚어내
꽃은 꽃대로, 풀은 풀대로
나무는 나무대로

이어지는 그리움
다시 시작되는
숲의 사랑입니다

마지막 달력을 넘기며

보고 들은 것 외에
더 알려고 하지 마세요
모르는 것은 모르는 것으로 놓아두고
아는 만큼만 이야기하고 돌아서지요
그래도 자꾸 의심이 생기면
조용히 내게 반문하세요
설명은 길수록 희미해지니
짧게 말하는 것 잊지 마시고

그대의 멀어지는 뒷모습
나는 아직 그대를 보내지 않았는데
부서지는 파도처럼 아파오면
어둠 내리는 하늘엔
바람같이 날리며 떠나는 그대
붉고 아픈 노을에 비친
당당한 그대 모습에
차마 손 흔들지 못했습니다

달맞이꽃

당신의 삶에선
짙은 향기가 납니다
바람에 묻혀 날리는
깊고 평화로운 향기입니다

당신의 숲속엔
새벽이 오는 소리가 들립니다
어둠을 돌아 이슬로 맺혀오는
가슴 저미는 소리입니다

당신의 얼굴은
바람이 머문 행복입니다
한곳만 바라보다 저무는
어머니의 눈물입니다

침묵의 축제

침묵에도 소리가 흐릅니다
파도의 무늬 같이
멀리서 또 가까이서
가슴에 결을 만듭니다

나는 그대에게로 가고
그대는 내게로 옵니다
바람이 흔들 수 없는 침묵
가를 수 없는 영원으로
우리는 만나고 있습니다

그대의 눈빛이 닿은 별
하늘 가득 쏟아지는 밤
다 잠들었지만 깨어 있는 하늘
빛 가득한 침묵의 축제입니다

편지

편지를 쓰려고 합니다
손끝은 어색하지만
하얀 종이 위에 한자 한자
생각을 그려봅니다
오래 돼 잊었던 그리움입니다
언젠가 나를 흔들었던 눈물입니다
오후의 한낮 그 햇살 앞에
난 벌써 총총
당신 앞에 서 있습니다

키 큰 느티나무 한 그루
잎사귀를 떨며 흔들리는 날
당신은 그 싸리문을 돌아
흐르는 개울 옆 비탈에 앉아
나의 편지를 읽으시겠죠
때로 눈을 들어
먼 산을 바라보는 당신의 눈가에
그렁그렁 이슬이 맺히는군요

시간이 긴 그림자 되어 흐릅니다
하루해가 뉘엿뉘엿 저물고
어둠이 깊숙이 스며들 때까지
움직이지 않으렵니다
그 시간의 흐름은 각지지 않게
어느새 와서 나를 조금씩 채워갑니다
설레임이 되고, 눈물이 되고, 그리움이 됩니다
슬피 우는 강이 되어
마음 깊은 곳으로 흘러갑니다

그때는 알게 될 거야

때의 마지막은 있나니
모든 것의 마지막은 있나니
그때엔 우리의 모름조차도 사랑이 되어
빛나게 되리라는 것을
희미하지 않고 선명하게
바라볼 수 있게 되리라는 것을
모든 걸음은 순간이었고
허락되었던 기쁨과 슬픔, 감사와 원망
눈물까지도 귀한 사랑이 되어
힘겨웠던 허리를 세우게 되리라는 것을
은혜의 강물로 흐르게 되리라는 것을

그대가 보고 싶으면

세월이 흐르고 그대가 보고 싶으면
하늘을 닮은 푸른 호수가 될 거야
끝을 가늠할 수 없는 깊이가 되어
그대를 향해 달려갈 거야

흐르는 바람에 그대가 그리워지면
그대의 주름진 얼굴 매만지며
난 굽어진 그대의 허리에 작은 집을 지을 거야
그곳에서 그대를 노래할 거야

세월이 흐르고 그대가 그리워지면
소리 없이 피고 졌던 보라색 나팔꽃이 될 거야
간간이 들리는 그대의 소리에 귀 기울이며
그대의 따뜻한 손을 기억해 낼 거야

유리알 같이 구르는 저 하늘 저 넘어
그대는 깊은 나무숲 어딘가에서
눈물도 없고 아픔도 없는 흐르는 기억의 뜰에서
나의 노래를 듣고는 있는 건지

길거리에서 만난 너

아무도 주목하지 않는
길거리 가로수 옆
보이지 않을 만큼
바닥에 엎드려
작은 꽃 피었다
이것도 꽃이라 할까?
이름은 있는 건지
볼수록 예쁘다

바람이 불면 살짝 손짓하며
한 대궁에 여럿 꽃을 피웠다
화려하지 않아 좋고
자랑하지 않아 좋다
소리 없이 피어나 좋고
눈에 띄지 않아서 좋다
예쁘지 않은 꽃 어디 있으랴
귀하지 않은 꽃 어디 있으랴

보이지 않아도

보이는 것이 있고
들리지 않아도
들리는 것이 있어
거칠게 호흡하는 자리를 떠나
살아있는 것으로 꽃피운 너
밟혀도 괜찮을 만큼
네게선 빛이 난다

그대는 내게 멀지 않구나

희끗 희끗 눈 내리는 밤
어둠을 당겨 날아서
아직 잠든 그대 곁으로 간다
별의 그림자로 떨어지는 밤
그대 창가로 가까이 쌓인다
벽 하나 사이
보이지 않는 그대 얼굴
살을 저미고 마음을 태운 후
뿌려지는 하얀 뼛가루
나뭇가지 끝으로
서린 입김 뿜어내는 그대는
깊을수록 깨어서
지치지 않는 걸음으로
길 아닌 길을 만들어 내는 그대는
내게 멀지 않구나

그대라는 깊이

잊어버리려는 나를 나라 할 수 있을까
그대라는 깊이를 알고 그대로 태어난다

얼마나 깊이 잠들었을까
구름, 하늘이 보이네 날고 있는 걸까
양팔 저으며 가라앉고 있는 걸까
꽃잎이 떨어진 후 찾아온 기억
가슴 깊은 곳 흐르는 빗소리
젖어가는 거야 그렇게 아파하는 거야

잃어 버려도 좋을 것들 뒤돌아 보지 않으며
내 자리에서 손만 흔들어 알릴께요
내가 너무 작아 그대 앞에 설 때 보이지 않을까 봐

제2부

꽃이 필 때

꽃이 필 때
하늘이 온다
높은 하늘이
낮은 세상으로 내려
얼굴을 부빈다

꽃이 필 때
물결이 설레인다
잔잔한 물결이
설레임으로 다가와
어깨에 기댄다

꽃이 필 때
한 얼굴이 온다
낮익은 한 얼굴이
그리운 홍조 띄고
옳은 걸음으로 온다

꽃이 필 때

하나의 설레임

하나의 그리움

또 하나의 세상이 온다

지구의 저편에선

동이 트고 있어요
내가 돌고 땅이 돌고 나무가 돌아야
별이 지고 해가 뜬다는데
지구의 큰 축이 한 바퀴 돌아야
하루가 온다는데

이렇게 고요히 동이 트고 있어요
꽃봉오리가 꽃을 피우듯
빛이 만든 여러 색으로
조금씩 하루가 피어나고 있어요

시계의 작은 톱니바퀴 돌듯
지구의 하늘, 그 하늘 위의
작고 큰 우주의 하늘들이 회전하고 있다는데
기척도 없이 하루가 내게 오고 있어요

당신의 하루에 내가 서 있지요
볼 수도 들을 수도 없어 하늘만 보지요
가슴에 매달은 천금 보고픔에
지구의 저편에선 별이 뜨고 있겠지요

가지치기

물론
죽은 가지부터
이젠 욕심을 버려야 할 시간
더 풍성한 가지를 꿈꾸며
산 가지를 자르는 아픔을 느낄 시간
보상은 연두빛 봄날, 어느 오후
봄빛 가득한 새싹에게서
찾아낼 일이다

살아 있어도 죽어야 하는
잘려 나간 아픔
검붉은 열매로 맺힌다
인고의 시간, 외로운 기다림 후
일제히 움트는 꽃망울
그 후, 비로소 얻을 수 있는
기적 같은 봄의 승리 아니었던가

목련

한 날의 햇살이
푸른 밤 별빛으로 돌아
뜰 안 가득 펼친 서러움
한 뼘 빛으로 충분한 자리마다
숨을 고르고야 만나는 설레임
한껏 부풀은 하얀 봉오리
서둘러 떠나려는 너는
천천히 얼굴을 들어도 좋으리
느리게 피워도 좋으리
봄길에서 만나는 쉼이 되어
다시 내게로 돌아오지 않는
긴 하루가 되어도 좋으리

들꽃

이 길로 오세요
살아나는 봄길로 오세요
보여줄 게 있어요
당신을 놀래킬 거예요
오늘 한껏 멋을 내고
당신께 다가갈 테니까요
시간이 멈췄으면 해요
내 안에서 길을 잃어야 해요
당신이어야 해요
온통 당신의 기억뿐이에요
아침에 눈을 떠
하늘을 올려다보면
당신 얼굴이 보여요
추위도 섧고
어둠도 낯선 거리
이 길의 끝에서라도
당신을 잊지 않을 거예요
나의 가장 소중한 일
당신을 사랑하는 일
내 안에 당신이니까요

구름 이야기

늦대가 양을 물었다
뒷다리를 물린 양은
하얀 피를 흘리며
거의 누워 사라져 간다
저기 맞은편에선
물고기 떼가 움직이고,
긴 이빨을 드러낸
도깨비가 출현하고,
그 옆에선 아무 일도 없이
하얀 꽃들이 피고 진다

예쁘지 않은 꽃은 없다

예쁘지 않은 꽃은 없다
아무렇게 자라는 꽃도 없다
온 힘을 다해 피고 또 진다
꽃피움을 보고 나를 보면
부끄러워 괜히 하늘만 본다

사랑스럽지 않은 꽃은 없다
모든 꽃은 눈이 부시다
다소곳이 피어 활짝 웃는다
너의 얼굴을 보고 나를 보면
까칠해진 내 모습 멋쩍어
뒤통수만 긁는다

내안에 피어나지 못한 꽃
용서하지 못해 피다 진 싹
틀림과 차이를 구별 못해
기경되지 못한 마음의 뜰
용서를 구하는 용기를 주소서
온 힘을 다해 꽃 피우게 하소서

제비꽃

그대 고운 손
볼을 토닥이며
그대 어여쁜 눈
사랑을 알 나이
그대 따뜻한 가슴
별 보고 눈물짓는

자고 나면
한 뼘씩 자라나는
보라색 그대 마음
그리움으로 손 모아
어느 봄날
기지개를 펼려나

살며시 턱 고이고
고개 드는 그대여

바람 한 점

바람 한 점 불어옵니다
먼곳 당신의 나라
찔레꽃 스친 향기
당신을 기억합니다
안녕, 이제 아프지 않아요
두 팔 벌려 안은 당신
여윈 가슴 굽어진 허리 그대로여서
마음 아픕니다

바람 한 점 불어옵니다
먼 곳 당신의 나라
반가움에 울컥합니다
꽃잎마다 이슬 맺히는 이른 아침
봉숭아 만개한 뒤뜰
날 부르는 소리에 돌아봅니다
붉은 하늘은 흐르고
꽃잎 하나 날립니다
젖어도 젖지 않는 바람이 되어

바람 한 점 불어옵니다
먼 곳 당신의 나라
마지막 잡았던 손
붙잡아 둘 수 없었던
눈물입니다

별을 사랑하십니까

별을 사랑하십니까 캄캄한 밤하늘에 보석같이 박혀 있는 별을 저도 사랑합니다 어제 밤은 하늘을 수놓은 별들을 바라보다 절로 시 한 편 읊었습니다 윤동주의 서시 내 삶의 힘겨움은 시 한 편의 울림으로 저 별빛처럼 한결 가벼워졌습니다 별빛은 어두운 하늘이 있기에 별빛입니다 드러나는 모든 것들은 드러나게 하는 배경이 있습니다 어둠이 있기에 별은 그 빛을 드러냅니다 흔들리는 인생에 별은 어머니라는 아득한 품입니다 별이 지고 하루가 시작됩니다 그하루가 의미 있게 다가오는 것은 수십 광년의 셈할 수 없는 시간을 흘러 내게 온 그 별빛이 그저 별빛이 아니었기에 그저 흐르는 무지가 아니었기에 그 아득한 세월의 유희가 눈물 나도록 고마웠기에 난 무릎으로 앉아 그 별빛을 그릇에 담고 있습니다

거울을 통해 나를 봅니다 그렇게 비쳐진 모습이 아니면 나는 내 모습을 볼 수 없습니다 내가 비쳐 보이듯이 당신을 봅니다 오랜 시간을 달려와 내 눈에 비칠 때 가슴이 터져버릴 것 같았습니다 날 향한 당신의 간절함은 내 못남도 손

에 쥔 것으로 만족하고 보이는 것으로 배부른 부끄러운 나를 눈뜨게 합니다 별을 사랑하듯 당신을 사랑합니다

나팔꽃

어찌 피나
보고파서
오래 바라보다
아침 먹고 와 보니
꽃은 피었다

예쁘게 핀 모습만
보여주려고
힘든 몸부림 감추려고
환하게 웃는 모습
보여주려고
수줍게 피었다

네 주위를 걸을 땐
두 손으로 내 눈을 가리지
한참을 기다리지
발뒤꿈치 들고
살금살금 네게로 가지
예쁜 네 모습 보고 싶어서

눈물을 털어내는 어둠

어둠으로 들어갑니다 볼 수 없을 만큼 어둠은 그다지 검지 않습니다 오히려 파랗습니다 함께 걸으실래요 어둠의 한가운데로 더 깊이 들어갑니다 허리를 잔뜩 구부린 후 올려다본 하늘 하늘은 동그랗고 호수 안에 잠긴 듯 물결로 바람처럼 날리고 그 바람은 호수에 주름을 그립니다 잃어버린 이름 그 자국들 겹겹이 쌓여지는 어둠입니다

어둠으로 들어갑니다 발이 닿지 않을 만큼 어둠은 그다지 깊지 않습니다 오히려 발끝 디딤이 됩니다 손을 뻗어 봅니다 잡아주세요 그대 손으로 주름진 그대 손으로 물기를 털어내는 어둠 떨리는 고백입니다 어둠이 쌓이는 시간 그 시간의 층마다 파랗게 살아나는 아픔입니다 어둠의 한가운데로 천천히 그대의 손 감겨진 눈으로 스며듭니다 어둠은 오히려 따뜻합니다 눈가로 번진 파란 하늘 어둠은 그 눈물을 닦아줍니다

___ 제3부

걸음을 멈춘 자리

바람이 지나다
걸음을 멈춘 자리
기억에 기댄 작은 들꽃
무릎으로 하루를 내리고

낮게 드리운 들풀
다 내주고도 즐거운 가지마다
다른 모습, 저마다의 향기로
이곳은 한창인 가을

힘겨운 생각 사라지고
어려움마저 스스로 풀어지는
하늘 비밀 머물다 가는 곳
눈물도 없고, 슬픔도 없는
이곳은 내 아버지 집

첫눈

뿌옇게 흐려지는 시야
하얀 꽃잎 날리는 이곳은 꿈의 나라
죽은 듯 고개 떨군 곳마다 살아난 생명의 유희
보이는 곳에서 감춰진 곳으로 뿌리 내려
솔나무 꼭대기 부서져 내리는 하늘이여
마른 가지 흔들다 내려앉는 꿈길이여
간절한 절규, 그 외침이여
때 묻지 않은 태고의 뜰 안에 쌓이고
가로수 길이 일렬로 켜지는 시간 속으로
흩어졌던 발걸음 제 집을 찾듯
마음 떠나보낸 듬성한 가지 사이로
하얗게 소매를 씻어 첫눈이 내린다
날리는 하얀 꽃잎처럼 지금은 정지된 풍경
끝을 모르는 길 위에 서 있다

그대의 봄이 되어

세상에 신기한 일은
봄이 오는 일이고
하늘에서 비가 내리는 일이고
더 신기한 일은
꽃이 피는 일인 듯한데
내 마음 속 들여다보니
나에게도 봄이 오고
비가 내리고
꽃이 피고 있었다는 걸

모두 아름답고
모두 귀하고
모두 사랑스러워
봄날 떠나기 전
나도 누군가에게 봄이고
비가 되어서
어두운 그대의 그늘에
반가운 꽃으로 피어
그대의 봄이 되어도 좋으리

아직은 기다리는 아침

봄으로 모두 자라도
아직은 기다리는 아침
엎드린 네 얼굴 위로
벚꽃 하얀 꽃잎처럼
봄을 탐하듯 눈 날리고
쉬어 가라는 손길
온 땅을 하얗게 덮어
빛나는 줄기로부터
고요가 하얗게 덮이는
아침은 은사시나무*

봄으로 모두 자라도
아직은 기다리는 아침
하늘 빛 노루귀
망중한 연보라 꽃잎
엎드린 네 얼굴 위로
하얀 회나리처럼 눈이 날리고
일어나 함께 피어나고 싶어

눈발이 봄비처럼 내려앉는

아직은 기다리는 아침

* 잎보다 꽃이 먼저 피는 버들과에 속하는 나무

씨앗 한 톨의 기적

씨앗 한 톨이 전부입니다
그 속에 감추어진 싹
각자 모양대로 자라날
잎사귀들 보입니다
푸른 하늘도 보입니다
힘찬 가지들이 바람에 춤추고
그 나무 그늘 아래
고단한 삶, 흐르는 땀을 훔치며
삼삼오오 사람들이 모입니다

씨앗 한 톨이 전부입니다
숨 쉬는 생명, 초록의 꿈이 보입니다
그 생명이 나무이고
그 꿈이 푸르른 봄입니다
겨우내 색깔을 담지 못한 언덕은
수채화의 물감처럼 번지는
기적 같은 봄을 그려내고
높아진 하늘엔
씨앗이 토해낸 봄의 향기로
사람들은 나무 가득한 꽃 몽우리 옆에서
흥건히 취해갑니다

잠든 사이

눈이 내렸다
나를 덮고, 너를 덮었다
속이는 자로 살지 말라고
하늘의 옷이 내려왔다
우리도 모르는 사이
공고히 쓰러졌던 날이 있었고
나를 떠나소서
공허히 소리치던 날도 있었다

다시 눈이 내린다
빈 들이 되고, 길 잃은 미아가 되어
나는 작아지고 있다
나를 증명하려고 발버둥칠 때마다
시간은 내게 상처를 낸다
네가 녹아 하늘로 올라가듯이
나도 녹아질 것이다

그리고, 잠든 사이
다시 눈이 내릴 것이다

눈꽃 편지

잊고 지냈던 너를 찾는데
긴 시간이 걸리지 않았습니다
언어와 말투와 표정을 가져간
널 원망하지는 않겠지만
거의 너를 잊어갈 즈음
내가 살고 있는 마을에도
눈꽃이 내렸습니다

샤갈의 마을에도 눈발이 날리고
염소와, 바이올린 켜는 악사와
그가 사랑했던 여인이 살고 있고
편지를 전하는 사내는
시간을 툭툭 끊으며
꿈같은 세월을 깁고 있습니다

꽃이 피는 게 그냥
피어나는 게 아니었다는
순간마다 찌르고 다가서고
멈추기를 움이 틀 때까지

불그스레 멍들 때까지란
사실을 알고 난 후
힘겹게 편지는 배달됐습니다
내가 살고 있는 곳에서
구만 리나 먼 곳으로
문 밖에 흩어지는
만날 수 없는 너에게로

호수에 물든 가을

너를 보면
살아 있다는 생각

낙엽 한 장 띄워
강으로 흐르는 꿈

밤새 별빛 달빛 모아
이슬 반짝이고

새벽 영롱한 물
말끔히 얼굴을 씻는

너를 보면
나도 살아 있다는 생각

햇살 한 줌 더하면

창문을 열었지
파란 하늘 스며들고 봄은 싹을 피웠지
나뭇가지 움이 틔었지
물감 풀어 신비롭게 빚어낸 봄의 색조

걷다 만나는 반가운 얼굴들
힘들게 버틴 겨울
침묵 후 돋아낸 옹아리
살며 견디어낸 봄의 노래

돌아보면 아름다운 인생
그 세상의 끝에서 환히 웃을 수 있도록
그 부르심의 자리
기쁘게 꽃피울 수 있도록

창문을 열었지
겨우내 무겁던 겉옷

한 겹 두 겹 벗으면 이만큼 가벼워지지

햇살 한 줌 더하면 완연한 봄날이지

겨울 편지

단단히 뿌리 내리지 않으면
자꾸 잃어버리는 기억
실핏줄같이 아프게 퍼지는 정신
굳고 갈라진 나무껍질처럼 마르고
모두의 슬픔이 치우치는 날

겨울 내내 울음을 참아낸
껍질 안으로 안으로 흐르다
말끔히 씻은 그대 얼굴 마주칩니다
하나의 빛 커지고 번져
눈처럼 내리는 은총의 시간

눈 감아도 보이는 그대
어둠을 몰아낸 해돋음
아침을 뜬눈으로 기다려 맞은
그대 미소 소리 없이 번지는
깊고 투명한 그대 하루

첫눈 오는 날

눈이 펑펑 내리는 날
펑펑 울어보자
벗은 몸뚱이 겉옷 걸치고
쓸쓸한 거리 눈꽃 피워
네게로 갈 거다

하얀 고무신
모시 적삼 차리고
두루마기 날리며
하늘길 따라
네게로 갈 거다

푹푹 빠지는 고향길
잊혀진 네 이름 석 자
기억해 내며
눈이 펑펑 내리는 날
네게로 갈 거다

나무 한 그루 서 있다

　가벼워진 후 뼈와 살을 추려 간간히 입은 마른 손 하늘로
뻗는다 미풍에 속삭였던 잎들의 어휘 입 안 가득 풀어낸 동
그란 바람 견디어 냈던 푸른 생명들의 기억 짙은 민트향의
겨울로 간다 파이프 올겐 물기 없는 파장 마른손 힘겹게 하
늘로 뻗는다 모두 벗어버린 순간 강은 이제 봄을 향해 흐르
고 옛 이야기도 먼 훗날의 이야기도 아닌 이 목마름을 채우
기 위해 오늘 살아간다 당신으로부터 시작돼 내게로 오는
그저 꽃 피우는 사랑이 되리 그저 다가오는 그리움 되리

　그저 흐르는 강물이 되리 안다고 하는 것 울타리 너머 상
실한 마음 만든 이 손길을 읽을 수 있다면 깊숙이 손잡음
떨림이 있다면 어디로부터 와서 어디로 가는지 그림자처럼
밟히는 나를 빚어내나니 마른 손으로 춤추게 하나니 비로
소 들리는 너의 노래

　힘줄 선 근육 사이사이로
　가을을 이별하는 사이사이로
　당신을 숨 쉬는 사이사이로

가을은 끝내 돌아오지 않더이다

가을은 가난한 자 마음 같더이다
가을은 그리 쓸쓸하더이다
가을은 쌓인 무덤 같더이다
가을은 그리 아프더이다
가을은 그대의 젖은 얼굴 같더이다
가을은 그리 아련하더이다
가을은 당신 마음 같더이다

그렇게 그리워하다가
가슴 아픈 나는, 그리고 너는
그냥 버려져도 좋으리
가을은 하얀 들판으로 걸어 들어가
끝내 돌아오지 않더이다

___ 제4부

하늘사랑

조그만 싹 힘겹게 올라올 때
맨처음 하늘이 보았다
잎사귀 자랄 때도 하늘이 보고 있었고
꽃이 필 때도 숨죽이고 바라본 건 하늘이었다
꽃이 질세라 잠 못 들고 애탄 것도 하늘이었다
행여 목마를까 비 뿌린 것도 하늘이었고
뙤약볕에 땀 흘릴까 구름 띄운 것도 하늘이었다

모두는 지나쳐 바쁜 걸음으로 가고
널 지키고 보듬은 건 처음부터 하늘이었다
싹은 또 솟고, 꽃은 또 피고 지고
시간은 아득히 흘러 언제인가
누군가 태어나 자라고, 아프고 행복하고
넘어지고, 슬프고 미워하고, 울고 웃던 그대를
바라본 건 하늘이었다
꽃이 꽃이 된 것은 꽃이 아닌 하늘이었고
나를 나 되게 한 것도 내가 아닌 하늘이었다

돌아보니 다 지나고 사랑만 남았다

치매

바라보기만 했어요
말하려다 입은 다물었구요
봄이 오고 있는데
꽃은 피고 있는데
바람에 꽃잎이 날린다고
말하고 싶었어요
바라보기조차 멈춘 시간
햇빛 내린 양지에 쪼그려
날리는 꽃잎처럼
시간들을 지우고 있어요

어느 날 문득
텅 빈 기억의 창고엔
뽀얗게 먼지가 쌓이고
전혀 모르는 사람들과
만들어 가는 하루
잠자리에 누울 즈음
하얗게 삭아지는 생각
머리 드는 순간 지워지는

봄날이 지나는 것도
꽃이 피어나는 것도
꽃잎이 바람에 날리는 것도
모두가 다른 이의 것
모르는 사람들의 슬픔

왜 이리도 멀리 왔을까
오래되 헐렁해진 옷같이
기억의 문 앞에서
초침처럼 빠르게 사라지는
아지랑이 손끝처럼

* 하늘나라 가신 어머니에게
  Rosehill 묘지에서

깊이 숨 쉬는 것이어서

그리움은 딱히 누구를 향한 것만은 아니어서, 잊을 수 없는 고향 같아 때도 없이 떠오르는 것이어서, 멀리 떠났다가도 밀려드는 파도처럼 아프게 가슴을 쓸고 가는 것이어서, 아무것도 들리지 않았는데 다시 살아나는 울림 같아서, 그래서 다시 가슴 가득 팽팽히 채워져 터져버리는 아픔 같은 것이어서, 신열 후 찾아오는 섬찟 떼어놓을 수 없는 나의 분신 같은 것이어서, 뼈와 살의 부딪치는 소리같이 내 안으로 새벽을 읽어내는 것이어서, 신음도 낼 수 없는 깊은 어둠 같아서, 빛을 잃은 별들이 모여 부르는 노래같이 쓸쓸함이 담겨 내려오는 것이어서, 당신으로부터 내게로 와서 처절하게 부서져 다시 네게로 향하는 아물지 않은 상처 같은 것이어서, 한입 베어 먹은 사과 맛같이 달콤한 것이어서, 어디로부터 시작되어 어디로 손을 뻗어야 할지 거리의 미아가 되어 버리는 것이어서.

그리하여, 그 그리움은 혼미한 나를 깨워 내 앞에 나를 세우는 것이어서, 벗겨진 나를 내 밖에서 바라볼 수 있는 것이어서, 멈춘 세상의 문을 열고 한없이 걸어 들어가 만나는 사람들의 손을 잡는 것이어서, 마침내 내가 네 안에 네가 내 안에 숨 쉬며 살아가는 것이어서.

어둠이 창가에 기대 앉고

오늘도
하루해가 저뭅니다
어둠이 창가에 기대 앉고
늦가을 찬바람
겨울 숲으로 숨어드는 저녁
저절로 나오는 나의 독백
그리운 당신 음성입니다

낯선 두 평 남짓
미시간 호숫가 로즈 힐 세미터리
추운 겨울 오기 전
다 내어 주고 흙으로 돌아가신
당신을 안아 봅니다

오늘도
하루해가 저물고
한 사람 한 사람 함께 모일 즐거움
웃음꽃이 피어날 식탁의 감사
엄지 중지 모두 귀해

지는 게 이기는 거라며
겸허히 살라던 당신
그리움이 굴뚝 연기처럼
피어오르는 밤입니다

총총히 별들 노는 하늘
어머니라고 불러 봅니다
내 나이만큼 자란 나뭇가지 사이
당신의 바람 안겨옵니다

그대도 가는구나

약속도 없이
코스모스 길을 걸으며
흔들리는 내게 다짐했지
올 가을엔 만나자

얼마나 많은 꽃잎이
바람에 날리며 떨어졌는지
코 끝 찡하게 다가오는 그대
푸르다 못해 깨어지는 저 하늘

그대의 뒷모습
번지는 그림자를 보고도
난 그대가 현의 가냘픈 소리
가을의 울림임을 알아

찬바람 불어오는데
저리도 아프게 붉어지는데
잊어버리려고 가슴을 저미며
그대도 가는구나

당신 앞에서

당신 앞에서 나를 발견한 날
난 세상을 다 얻은 것 같았지
눈물을 흘리다 웃기도 했지
나의 밑바닥을 보면서 부끄럽기도 했지
너무 큰 당신 앞에서 나는 보이지 않았지
위로부터 내리는 은총
흰 눈 같이 내 빈 잔에 소복이 쌓이고 있었지

당신 앞에서 나를 발견한 날
벅찬 기쁨 안에 있었지
피었다 지는 들꽃 같이 허망한 인생길에서
부서지는 파도 같이 잡을 수 없는 날들이었는데
귀하다 하시는 당신
소나기처럼 굳은 맘 흠뻑 젖어 가고 있었지
당신 앞에서 나를 발견한 날

그대 예쁜 얼굴

모두 지나쳤는데
후미진 구석
햇빛도 간간히 외로운 곳
누구에게 보이려고
그리 예쁜 얼굴 들었니

거친 골목길
사랑도 떠나고, 푸석한 먼지 날려도
널 바라보는 별 무리 향해
그리 예쁜 얼굴 들었니

그대 마음의 생각
별처럼 빛나고 아름다워
그대 가슴의 그리움 따라
그리 예쁜 얼굴 들었니

나는 죄인이로소이다

흔들리는 나를 바라보지 않았지
분주한 시간의 굴레를 벗지 못했으니까
보이지 않는다고 덮어버린 나의 그물
청록의 물결만 가득했소이다

공허한 빈손과 텅 빈 가슴 울림
수면 위 자욱하게 뿌려지는 밤
그렇게 난 당신에게 읽혀지고 있었소이다
잠시 기웃거렸을 얕은 발목
흘려보낸 시간과 서둘렀던 욕심
내 속에 당신은 없었으니
깊은 곳에 그물을 던지지 않았소이다

모양과 형식은 있었지만
내 속의 나는 숨쉬지 않았소이다
휘파람 불며 애써 행복하려 했지만
당신은 내 속에 없었소이다
발목을 담그고 무릎까지 온몸을 던진 후
게네사렛 호숫가 둥글게 떠 있는 당신

물고기가 심히 많아 찢어지는 그물 앞에서

나는 죄인이로소이다

고요

진지하게
한 치의 실수도 없이
같은 굵기의 긴 선을 긋는다
한 번이라도
그 순간을 마음속에
그려 보리라는 생각은 없었다
단지 완성된 그림
그 조화된 아름다움만을
꿈꾸며 바라보았다

내 실수였다
수려한 색들의 어울림보다 먼저인
덧칠 아래 숨겨진 손자국들
종과 횡의 빽빽한 정렬
그 시간 그 이야기들을
번번이 놓치고 말았다
왠지 그 안에서만 맴돌았던
나의 슬픈 울타리
조용히 귀 기울여 본다

천천히 빠르지 않게
지나가는 시간
주목받지 않는 네 얼굴
나와 너를 깨우는
초침의 움직임을 느끼고 있다
하늘, 땅, 십자가, 꽃, 아이, 하얀 새
크고 작은 또 하나의 형상
그림자 되어 만나는 침묵
나를 통과한 또 하나의 나
떨어질 수 없는
또 하나의 정겨움

집으로 가는 길

집으로 가는 길
거친 들길이라도 좋을 듯하오
바람에 눕는 저기 저 꽃들 좀 보오
소리 없이 자라도 훌쩍 크지 않았소
살아 있는 저 색깔 좀 보구려
혹 나를 잊으셨다면
굳이 기억을 되돌릴 필요는 없소
잊기도 힘들고 기억해내기도 힘든
세월이 아니었나 보오

집으로 가는 길
홀로 걸으며 당신을 그려 보았소
삶이 힘들어서가 아니오
세상이 추워서도 아니오
함께 느끼고 싶었소이다
함께 걷고 싶었소이다
함께 울고 싶었소이다
아직도 어색한 거리의 언어들
발길을 멈추게 하는 낯설음

함께 견디어 내고 싶었소이다
함께 바라보고 싶었소이다

집으로 가는 길
바람이 내 뺨을 스쳐 흐르는 이유도
소나기가 문지방을 세차게 두드리는 이유도
잎들이 떨어지고 앙상한 가지를
들어내고 울어대는 이유도
창가에 앉아 하염없이
내리는 눈을 바라보는 이유도
당신의 하루가 밝아올 때
나의 하루는 어두워져 가는 이유도
이리 그리운 것은
당신과 함께일 수 없는 이 길이
가슴 저미게 아프기 때문이외다

그대를 향한 기도

그대의 소리는
바람에 담겨져 오나니
멀리서도 낯익은 가슴으로 오고
마음 흔들어 울림으로 다가오나니

그대의 소리는
삶의 시간으로 다가오나니
나보다 나를 더 잘 아는 소리가 되어
내 안에 굽이쳐 흐르는 강물이 되게 하나니

그대여, 내 뜻대로 들리지 않고
그대의 언어로 들려지게 하소서
새벽 이 고요 내려앉은 이방인의 들녘
그대 소리로 채워져 춤추게 하여
일어서는 기도가 되게 하소서

거울 앞에 서면

거울 앞에 서면 청년의 얼굴 마음을 아파하고 있음이여 비쳐진 얼굴을 알아보지 못함이여 널 잊고 흘러버린 긴 시간 마음이 떠난 곳에 서 있을 수 없음이요 잠들지 못한 밤 길게 꼬리 내리며 별 하나 지붕 위로 떨어짐이여 끝나지 않았음이여 죽지 않았음이여 두려움 없이 무엇이 되겠는가 가슴 뛰는 그대의 이름이여 날 그리지 못한 순간들이여 내가 보이지 않는 나의 그림엔 당신이 만들어 가고 있는 내가 있음이여 살아있는 모든 작은 것으로 시작함이여 보이지 않는 바람도 저 멀리 선으로 불어와 내 머리 뒤엉크러 놓고 흐르는 실개천이 강을 만들고 흰 거품을 물고 바다로 흐름이여 꽃이 피고 지는 것도 노을 지고 달무리가 아련함도 아이의 눈망울에 맺힌 순수 그 간절함이요 아니 하루가 지고 새 날이 밝아옴이여

이만큼 왔으니 이제 당신의 이름을 목 놓아 부름이여 잔잔히 그냥 밀려옴이요 비로소 사랑에 눈 떠짐이요 지치지 않고 당신을 향한 걸음을 멈추지 않음이여 당신을 잠잠히 노래함이요

당신의 손

알고 있었다
우연히 지나쳤지만
슬픔이 오래된 그 위로
들꽃이 피고 있었고
오래 휘청인 가지마다
절망의 틈바구니를 통과해
빛나는 밤을 맞고 있었다
우린 걸었고
알 수 없는 거리에서
속으로 속으로 삼켜
보이지 않는 너를 비추는
예비된 손길
혼탁한 언어를 덮는
당신의 손이 거기 있었다
하늘엔 가득
별빛이 쏟아지고 있었다

___ 제5부

푸른 점 하나

간혹 잊고 사는
티끌 같은 존재
푸른 점 하나로
날 사랑할 일이다
그러나
누구를 향해
무엇을 위해
맹세하거나 정의하지 않을 일이다
다만 내게 주어진 길 걸으며
만나게 될 사람들을 위해
내 분량을 덜어낼 일이다
그리하여
가벼워진 몸으로
당신에게 날아갈 일이다
푸른 점 하나로

아버지 집

당신보다 크지 않으니
난 그대 안에 있으렵니다
그 안이 편안한 내 집 같아서
멀리 갔다가도 다시 돌아옵니다
나 홀로 걷는 길이지만
난 그대 그리워 손을 듭니다
살아갈 시간, 걸어온 길보다 짧아
그 시간만큼만, 그대 알아야 하기에
나의 자리 떠나지 않으렵니다
내게 필요한 것 없더라도
주신 것으로 자족하리니
내게 없는 것 때문에
슬퍼하지 않으렵니다
날 고치시는 그대의 손
멀리 보이는 저 불빛
가까워질수록 가슴 뛰는
날 기다리는 아버지 집입니다

하루 종일

하루 종일 해가 지고
햇빛은 없었다
나무는 일정한 거리로 따라왔고
그림자는 남기지 않았다

말이 끊긴 거리에서
미아가 돼버린 발자국
어디서도 찾지 못한
부끄러운 하루가 저문다

빠르게 혹은 천천히
생각에 따라 보여지는
하늘이라는 나라에서
비가 별처럼 내리는 하루 종일

나의 기타

춤춘다
울린다
흔들린다

손끝 매듭마다
메트로놈 비트
울어도 웃어도 모자란
계단 끝 달을 잡는다

이슬이 구른다
소리에 젖는다
가까이 끌어안고
아득한 날 기억 같은
소리를 춤추게 한다

나의 기타여

합창

잘 부르려면 망가지고
안 하듯 부르면 어우러지는
쭉, 뽑으면 튀어나고
위로 살짝 띄우면 아름다운
제 소리 모두 내면 정신없고
함께 무뎌지면 깊이 흐르는

인생도 마찬가지
얼굴 들면 망가지고
없는 듯 있으면 어우러지는
나만 옳으면 보기 싫고
나누고 섬기면 아름답고
어깨동무하면 깊이 흐르는
머리 들면 죽고 날 버리면 살아나는

합창도, 인생도 마찬가지
짧은 시간 동안 흐르는 조화
주어진 시간만큼만
부르며 걸어야 할 노래

한길

늘 한길입니다
비도 한길로 내리고
걸음도 한길입니다
사랑도 한길로 오고
아픔도 한길로 갑니다
만남도 헤어짐도 한길입니다
아프지만 눈물도 한길입니다
강도 한길로 흐르고
바람도 한길로 붑니다
들풀도 한길로 눕고
나무도 한길로 자랍니다
아름다움은 요란하지 않고
이리 저리 선을
넘나들지 않습니다
늘 한길입니다

사람인 게다

할머니 등에 업혀도 안겨도
할아버지 두 팔에 안겨도
엄마 품만 그리워 눈물이 그렁그렁
9개월 밖에 안 된 것이 서러운 걸 아니
벌써 사람인 게다

잘 놀다가도, 잘 먹다가도
문득 엄마 얼굴 떠올라 서글피 우네
울음 그치고, 잠들었는데
꿈속에서 들었는지
벤자민 하는 엄마 소리에
동그런 눈 뜨고 엄마 품 파고드네
9개월 밖에 안 된 것이 서러운 걸 아니
벌써 사람인 게다

나도 엄마 품 그리워
눈물이 그렁그렁
60 지난 이 나이에
나도 아직 사람인 게다

그대에게 묻고 싶다

그대에게 묻고 싶다
사랑한 적은 있는가라고

그대 아픔으로 잠 못 이룬 적 있는가
그대 떨림으로 아파한 적 있는가
지금도 그대는 얻을 것이 너무 많아
돌아갈 곳을 잊지는 않았는가
스스로 만든 욕망의 울타리
그 높이만큼만 마음을 열고
살고 있지는 않았는가라고

잎사귀가 어떻게 제 몸을 떨구고 있는지
겨울나무가 어떻게 아프게 서 있는지
한 움큼 재가 된 아픔으로
뿌리까지 흔들며 견디어 냈는가를
처절히 온몸을 다해
불태웠는가를, 사랑했는가를
그대는 무어라고 말하려는가

그냥 지나치라, 이야기하지 말라 하지만
너와 나 사이 거친 돌, 땅만 얻는 슬픈 그대는
내민 손 애써 잡지 않으려 도망치지는 않았는가

그대에게 묻고 싶다
사랑한 적은 있는가라고

자화상

나였던 너를 바라본다
시간을 거슬러 아득한 시절
사뭇 날카롭게 응시하는 넌 누구니

오른쪽 어깨를 조금 올린다
눈가 잔주름 그려넣는다
나 아닌 삶은 어색했는데
너의 뒷모습은 없다
단지 어느 날 어느 곳에서였는지
잠시 스치는 시간일 뿐
건져 올린 건 나 아닌 너
나 아닌 너를 바라보는 나는
자꾸 어색한 나일 뿐

다시 유리 뒤로 숨어 버리는
나를 외면하는 너
두 뼘 반 자리에서
너를 털고 일어나는 나

느린 하루

선에서부터 멀어지기
어깨로부터 자유로워지기
뙤약볕 힘든 화초에 물 주기
흐르는 구름에게 동물 이름 지어주기
달리는 것으로부터 멈춰 서기
긴 여운의 첼로 연주곡 듣기
오랜 세월 보고픈 친구 사진 보기
어머니 묘지 옆에 길게 누워보기

긴팔 눕는 하루해, 풀 그림자 끌리고

천천히 부는 바람 느끼기
어둠 내리는 언덕 바라보기
열린 창가 별빛 사랑하기
소란한 거리로부터 멀어지기
이슬 머금고 부르는 고요
그대 다시 만날 때까지
꽃 한 송이 손에 피어 있기
보라로 번져가는 하늘 들녘

그리운 그대 이름 부르기

내 안에 그대가 오고, 바라보는 모든 곳
그대가 묻어나, 그대가 피어난다

나의 하루

　나의 하루는 색으로 칠해집니다

　어제는 파란색, 푸른 하늘 연꼬리 길게 늘어뜨린 하늘이었습니다

　밤새 바람이 불고 꽃잎 흩어진 아침 전혀 회색입니다 그리고 아무 말도 하지 않았다 침묵입니다 혹 오늘은 색깔을 되찾고 싶습니다만 초록으로 돌아갈 겁니다 숨이 트이는 곳 꽃 몽우리 터지는 곳에 있겠습니다

　나의 하루는 색으로 칠해질 겁니다 빌딩의 숲속에서 꺼지지 못한 당신의 창을 찾아 프루샨 불루로 통할 수 있게 숲의 향기로 들어갈 수 있게 잠 못 이루는 창을 닦아 드리겠습니다 껴지고 꺼짐을 반복하면서 칠하고 덧칠함으로 당신과의 거리를 좁혀 가면서 기다림을 결코 포기하지 않는 붉은 노을로 뜨거워지겠습니다 나를 다 준다 해도 셈이 되지 않는 당신 앞에 보라로 물들어 가겠습니다

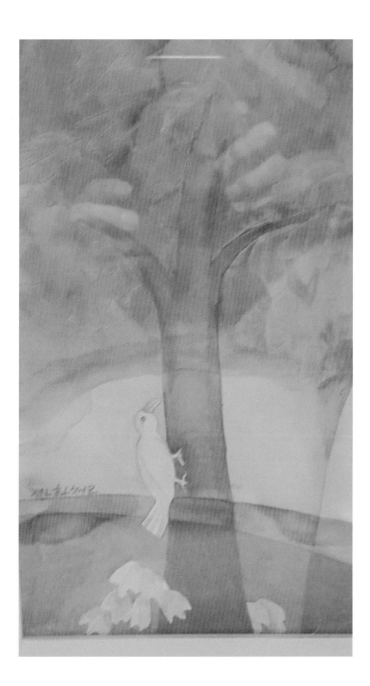

가슴을 펴

움츠리면 안 돼
호흡을 길게 들이마셔 봐
고개를 들어 슬퍼하면 안 돼
즐거운 일 떠올리고 나를 봐

바람에 흐르지만 날 잊은 적 없어
호수에 잠기지만 툭툭 털고 일어나지
걸린다고 돌 뿌리치지 말고
그 옆을 바라봐
연두색 감추었다 뾰족 담아내는
새싹 보이잖아

우리가 돌아갈 곳 잊지는 않았겠지
이리 와, 아래를 내려다 봐
상자곽 집들과, 장난감 자동차들
차이가 있는지
푸르게 바라보고 웃음을 잃지 마
그늘 되어줄 구름 한 점 보내줄게
가슴을 펴

하루가 저물고

오늘도 그 길을 걸었다
모르는 길을 낯익은 길처럼
주저 없이 손을 내밀고
더운 숨을 몰아쉬었다
밤이 오고 창들의 불빛이
하나둘 꺼지고
고요가 소리 없이
천천히 내리고 있다

돌아눕는 어깨 나는 쉬려 하고
어둠은 내 온몸 흔들어 깨우려 한다
내일도 그 길을 걸을 것이다
그리고 또 얼마나 많은 시간을
모르고 살아갈 것인가
하루가 저물고
고요가 소리 없이
천천히 내리고 있다

오월의 십자가

한 움큼의 말을 땅에 뿌렸다
한동안 잊혀진 말은
씨가 되어 싹을 내었고
땅은 얼굴을 바꾸었다
이야기가 되어 자라나고
그 자리마다 채워지는
바람의 소리며
모로 눕는 햇살의 따가움이며
그대들의 눈물들이며
손짓하는 자유가 되었다
슬픔은 꽃으로 피어나고
외로움은 바람으로 다가왔다
절망의 손짓은 푸른 잎으로 돌아와
오월 하늘에 가득하다

오월은 푸르러도
먹먹히 아파 붉어지는 시간
걸음마다 길이 되어 오는
그대들의 말은 십자가로 세워지고

엘리 엘리 라마 사박다니
오월은 한없이 숙연해져
고개 들 수 없는 미안함
그대들 안으로 들어가는
오월은 망각중이거나,
기억해 내는 거울이거나
오월은 기뻐도 슬픈 계절
높이든 빈 잔에 빨갛게 담겨지는
오월의 숨결,
오월의 십자가

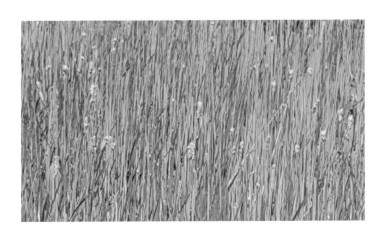

내게 멀지 않은 그대에게
– 신호철의 첫 시집

김완하

신호철의 첫 시집은 내게서 멀지 않은 '그대를 향한 노래'라고 규정할 수 있다. '그대'란 주로 글에서, 상대편을 친근하게 이르는 이인칭 대명사를 의미한다. 시에서 쓰이면 애인이나 어떤 대상을 친근하게 가리키는 역할을 한다. 그런 점에서 그의 시는 작가와 독자 사이의 대화적 상황을 강하게 의식하고 있다고 말할 수 있는 것이다. 이점은 두 가지 측면을 반영하고 있다고 생각한다. 그 하나는 그리움의 대상에 대한 소통의 욕구가 강하다는 점이다. 다른 하나는 독자들과의 만남을 전제한다는 측면으로도 이해할 수 있는 것이다. 그러므로 시가 독자들로부터 자꾸만 멀어져 간다고 하는 때에 시인의 이러한 자세는 매우 긍정적으로 바라볼 수도 있다.

그의 시집에는 「그대의 봄이 되어」 「그대도 가는구나」 「그대 예쁜 얼굴」 「그대를 향한 기도」 「그대는 내게 멀지 않구나」 「그대에게 묻고 싶다」 등 제목에서도 '그대'가 다수 등장한다. 그만큼 그에게 '그대'란 소중한 대상이면서도 그의 시적 출발의 동력이 되고 있는 셈이다.

그의 첫 시집 표제작인 「바람에 기대어」를 살피면서 그의 시에 대한 이해로 한 발짝 더 다가서 보고자 한다.

바람에 기대어 나는 늘 살아왔네
소리 내 우는 바람에 기대어 살다가
평생 잊을 수 없는 단 한 사람
그대를 사랑하며 마음 졸였네
그저 지나칠 수 없는 바람에 기대어
깨어나고 잠들 때도 있었네

바람에 기대어 나는 늘 살아왔네
지울 수 없는 나의 사랑은
봄의 꽃잎으로 피어나 무작정
그대를 찾아 떠나는 길이 되곤 했네
어디선가 그대 향기 실은 바람이 불면
오늘도 한껏 기울어져 그대를 보고 있네
내 마음 흔드는 바람에 기대어
깨어나고 잠들 때도 있었네

- 「바람에 기대어」 전문

이 시는 2연으로 구성이 되어 있는데 첫 행과 마지막 행이 동일하다. 시인은 첫 행에 "바람에 기대어 나는 늘 살아왔네"를 배치하였고 마지막 행에서는 "깨어나고 잠들 때도 있었네"를 두 행에서 거듭 반복하고 있다. 그러므로 그의 삶에 대한 인식에는 언제나 바람에 기대어 살아왔다는 것이다. 바람이란 우리 삶을 흔드는 요소일 것인데, 그러한 중에도 시인은 "그대를 사랑하며 마음 좋였네"라고 하여 그대를 통해서 그 바람을 견뎌내고 극복한다고 하였다. 여기에서 '바람'은 우리에게 삶의 시련과 고통을 제공하는 어려움일 것이다. 그것은 고난의 연속이라고 할 수 있는데 우리 삶 속에서도 시인은 그대를 의지하며 살아내는 것이다.

어쩌면 우리 일상은 늘 바람처럼 떠도는 일인지도 모른다. 우리는 바람이 부는 대로 꽃이 피는 대로 흔들리면서도 꿋꿋하게 살아간다. 그래서 시인은 그러한 우리 삶을 집약하여 "바람에 기대어 나는 늘 살아왔네"라고 표현한 것이다. 그러한 삶의 과정에서도 우리는 늘 평생 잊을 수 없는 어느 한 사람을 사랑하는 마음을 모아서 그에게 조아리며 살아가는 것이다. 그것을 일러서 우리는 사랑이라 말하는 것이다. 결국 시인의 시세계는 바람이 부는 대로 흔들리며 살아가는 삶 속에서도 누군가를 사랑하는 마음 한 자락으로 그것을 버텨낸다는 것일 터이다. 그러한 마음으로 시인은 오늘도 시를 쓰고 또 그대를 사랑하며 살아간다.

시인은 꽃이 피고 지는 것을 통해서도 늘 그대와 연관시키면서 시상을 전개해간다.

꽃이 필 때
하늘이 온다
높은 하늘이
낮은 세상으로 내려
얼굴을 부빈다

꽃이 필 때
물결이 설레인다
잔잔한 물결이
설레임으로 다가와
어깨에 기댄다

꽃이 필 때
한 얼굴이 온다
낯익은 한 얼굴이
그리운 홍조 띠고
옳은 걸음으로 온다

꽃이 필 때
하나의 설레임
하나의 그리움
또 하나의 세상이 온다

- 「꽃이 필 때」 전문

이 시는 4연으로 구성이 되어 논리적인 전개를 보여준다. 모든 연의 첫 행에는 "꽃이 필 때"를 반복하고 있다. 그리고 보면 신호철 시인의 시에서 행의 반복은 창작기법으로도 이

해할 수 있을 것이다. 그러므로 "꽃이 필 때"라는 대전제 아래 앞의 3연까지는 "하늘이 온다", "물결이 설레인다", "한 얼굴이 온다"로 발전되어가고 있다. 그리고 4연에서는 "하나의 설레임 / 하나의 그리움 / 또 하나의 세상이 온다"로 종합하고 있다. 그러므로 꽃이 핀다는 사실은 온 우주의 처음이자 마지막이 되는 셈이다. 자연의 변화를 통해서 설레임을 낳고, 한 얼굴을 떠올리고 그 얼굴은 세상 전체로 확산되는 것이다. 그리고 그 얼굴이 바로 '그대'인 것이다.

이 시는 형식적으로나 의미론적으로도 완벽성을 갖추고 있다. "꽃이 필 때"의 상황을 통해서 4연까지 전개해가는 간결한 이미지와 시적 구성이 그것이다. 이 시가 4연으로 구성된 것은 사계절의 연속으로 이루어지는 자연의 변화를 암시하기도 한다. 꽃이 피는 것은 곧 온 우주가 열리는 것을 의미한다. 그러기에 꽃이 필 때면 "하늘이 온다", "물결이 설렌다", 그리고 "한 얼굴이 온다". 그래서 설레임과 그리움이 교차하는 것이다. 그러므로 시인에게 꽃은 그대이고 또 하나의 세상이 열리는 것이다.

풀꽃이 질 때
이별 하나 운다

풀꽃이 질 때
풀꽃 보다 고운
그대가 운다

바람처럼 그대는
어깨를 떨며
고개 숙인다

노을 아래 언덕
풀꽃보다 그리운
그대가 묻힌다

-「이별 인사」 전문

이 시도 매우 간결함을 바탕으로 전개되고 있다. 짧고도
간결한 이미지가 4연으로 전개되면서 '이별'이라는 인생사
전체를 아우르고 있는 것이다. 어쩌면 사계절의 변화를 일
생으로 풀이하고 있는 것일지도 모른다. 특이한 점은 그것
이 "풀꽃이 질 때"를 전제로 하는 것이다. 이 시에서는 '풀
꽃' 하나 지는 것과 '그대'가 묻히는 것 사이에 수많은 시
간과 공간을 함축하고 있다.

위 시에는 매우 단정하면서도 간결하고 명징한 시상이
전개되고 있다. 이와 함께 그의 시에는 '꽃'의 이미지가
많이 등장하고 있는 점을 발견할 수 있다. 그것은 시에서
자연의 변화를 담보하고 있으면서 꽃이 피고 지는 이법 사
이에 놓여 있는 만남과 이별의 순간들을 암시하는 것이라
고 판단할 수 있다.

이렇게 볼 때 신호철 시인의 시는 매우 비유적이다. 그만
큼 그의 작품은 시적 원리에 충실하다는 것이다. 그는 자연
의 대상을 시인의 내면과 동일시하는 서정시의 정통적인

방법을 고수하고 있다. 그의 시가 잘 읽히고 독자들에게 정감 있게 다가오는 것도 모두 다 그러한 까닭에서일 것이다.

이렇듯이 신호철의 시에는 모든 것들이 그대와 연관되어 비유적으로 나타나고 있다.

세상에 신기한 일은
봄이 오는 일이고
하늘에서 비가 내리는 일이고
더 신기한 일은
꽃이 피는 일인 듯한데
내 마음 속 들여다보니
나에게도 봄이 오고
비가 내리고
꽃이 피고 있었다는 걸

모두 아름답고
모두 귀하고
모두 사랑스러워
봄날 떠나기 전
나도 누군가에게 봄이고
비가 되어서
어두운 그대의 그늘에
반가운 꽃으로 피어
그대의 봄이 되어도 좋으리

　　　　　　　　　- 「그대의 봄이 되어」 전문

신호철의 시어는 대단히 명징하다. 어렵거나 시적 표현도

구불대지 않고 무엇보다도 의미가 선명하게 다가온다. 봄이 온다는 것은 이 세상에 신기한 일을 만들어내는 힘이 작용하는 때이다. 봄이 오면 하늘에서 비를 내리고 꽃이 피어나게 한다. 그것을 통해서 시인의 마음속에도 봄이 오는 것이다. 그러한 큰 힘을 깨닫게 되면서 시인은 활력과 함께 새로운 것을 희망하게 된다. 그래서 나도 그대에게 다가가 "어두운 그대의 그늘에 / 반가운 꽃으로 피어 / 그대의 봄이 되어도 좋겠다"고 한 것이다.

그대를 사랑하는 마음은 이 세상에서도 가장 아름다운 것이고 자연으로 비유하면 꽃이라고 할 수 있다. 그 사랑의 힘은 어둠을 밝히고 빛을 불러온다. 서로 간에 고립되어 있는 대상들을 불러내어 봄처럼 활짝 피어나게 하는 힘을 보여준다.

모두 지나쳤는데
후미진 구석
햇빛도 간간히 외로운 곳
누구에게 보이려고
그리 예쁜 얼굴 들었니

거친 골목길
사랑도 떠나고, 푸석한 먼지 날려도
널 바라보는 별 무리 향해
그리 예쁜 얼굴 들었니

그대 마음의 생각

별처럼 빛나고 아름다워
그대 가슴의 그리움 따라
그리 예쁜 얼굴 들었니

-「그대 예쁜 얼굴」 전문

시인에게 그대는 사랑스러운 존재이자 모든 가치의 출발이고 바로 그 의미일 것이다. 그러므로 그대의 모습은 무엇보다도 예쁜 것이다. 위 시에서 그대가 간직하고 있는 것은 삶을 향한 진정한 가치이며 존재 의미 그 자체인 것이다. 그대는 "모두 지나쳤는데 / 후미진 구석", "거친 골목길"에서도 예쁜 얼굴을 들고 있다. 이 시 3연에는 모두 마지막 행에 "그리 예쁜 얼굴 들었니"를 반복하고 있다. 그것은 앞서 밝힌 신호철 시인이 시를 쓰는 기법의 하나이다. 그런데 그 얼굴은 단순한 외양을 의미하지만은 않는 것이다. 그러기에 그대는 외로운 곳에서도 지지 않고 별 무리를 향해서 그리움 따라 얼굴을 들고 있는 것이다.

약속도 없이
코스모스 길을 걸으며
흔들리는 내게 다짐했지
올 가을엔 만나자

얼마나 많은 꽃잎이
바람에 날리며 떨어졌는지
코 끝 찡하게 다가오는 그대

129

푸르다 못해 깨어지는 저 하늘

그대의 뒷모습
번지는 그림자를 보고도
난 그대가 현의 가냘픈 소리
가을의 울림임을 알아

찬바람 불어오는데
저리도 아프게 붉어지는데
잊어버리려고 가슴을 저미며
그대도 가는구나

- 「그대도 가는구나」 전문

위 시에도 드러나듯이 그대에 대한 그리움은 계절의 흐름
과 동궤를 이루고 있다. 1연에서 시인은 "약속도 없이", "흔
들리는 내게 다짐했지 / 올 가을엔 만나자"고 하였다. 이러한
표현은 역설로 읽을 수 있다. 약속도 없이 다짐을 한다는 맥
락이 그러하다. 그러므로 가을은 그대를 떠올리게 하는 그리
움의 시점이기도 하지만, 상실의 계절이기에 그대를 떠나보
낼 수밖에 없는 것이다. 시인은 우리 삶의 전반적인 모습들
이 다 떠나간다는 것을 가을을 통해 깨닫고 있는 것이다.

그러므로 이 시의 '그대'는 단순한 대상에 대한 그리움
으로만 규정할 수 없는 것이다. 자연 속에 존재하는 이법으
로서의 조화와 원리라고 말할 수 있다. 그 속에서 우리 일
생의 흐름도 동심원적으로 파악하고 있는 것이다. 그러므

로 그것은 꽃이 피고 지는 것의 연장이기도 한 셈이다.

신호철 시인에게 그대를 향한 시선은 종교적인 속성으로도 이어지고 있다.

그대의 소리는
바람에 담겨져 오나니
멀리서도 낯익은 가슴으로 오고
마음 흔들어 울림으로 다가 오나니

그대의 소리는
삶의 시간으로 다가 오나니
나보다 나를 더 잘 아는 소리가 되어
내 안에 굽이쳐 흐르는 강물이 되게 하나니

그대여, 내 뜻대로 들리지 않고
그대의 언어로 들려지게 하소서
새벽 이 고요 내려앉은 이방인의 들녘
그대 소리로 채워져 춤추게 하여
일어서는 기도가 되게 하소서

― 「그대를 향한 기도」 전문

이 시에서처럼 그에게 그대는 종교적인 대상으로 확장되어 드러나기도 한다. 그러기에 시인은 기도할 수밖에 없는 것이다. 이 시의 종교적인 속성으로는 기독교적이라고 말할 수 있다. 그것은 이 시의 마지막 연 "그대여, 내 뜻대로 들리지 않고 / 그대의 언어로 들려지게 하소서"라는 부분에서 알 수 있다. 또한 "새벽 이 고요 내려앉은 이방인의 들녘 / 그대 소리로 채워져 춤추게 하여 / 일어서는 기도가 되게 하소서"라는 부분에서도 파악할 수 있다.

　이렇게 보면 시인에게 그대는 매우 포괄적이며 상징성을 띠고 등장하는 것이다. 그러므로 그대에 대한 그의 그리움은 기도의 한 형식이기도 하고 사랑의 한 양식이기도 하다.

> 희끗 희끗 눈 내리는 밤
> 어둠을 당겨 날아서
> 아직 잠든 그대 곁으로 간다
> 별의 그림자로 떨어지는 밤
> 그대 창가로 가까이 쌓인다
> 벽 하나 사이
> 보이지 않는 그대 얼굴
> 살을 저미고 마음을 태운 후
> 뿌려지는 하얀 뼈 가루
> 나뭇가지 끝으로
> 서린 입김 뿜어내는 그대는
> 깊을수록 깨어서
> 지치지 않는 걸음으로
> 길 아닌 길을 만들어 내는 그대는
> 내게 멀지 않구나
>
> 　　　　　　　　- 「그대는 내게 멀지 않구나」 전문

　이 시에서 제시하고 있는 것은 모든 것이 곧 그대에게로 가닿는 과정으로 표현되는 것이다. 위 시는 연의 구분이 없

이 환상적이고 투명한 분위기를 보여주고 있다. 그것은 "희끗 희끗 눈 내리는 밤"을 배경으로 하고 등장한다. 그 시간은 겨울이고 모두가 다 잠든 밤이다. 그때 눈이 내리는데 그러한 상황 속에서 시인은 그대와의 만남을 더 염두에 두고 있다. 하늘로부터 공간적 거리감을 줄이면서 우리에게 다가오는 하얀 눈, 그것은 곧 그대의 분신이며 그대의 온기인 것이다.

이렇게 보면 이 시의 제목 "그대는 내게 멀지 않구나"처럼 그대는 결코 내게 먼 것이 아니다. 그대는 모든 공간과 모든 시간 속에서도 존재하는 것이기 때문이다. 우리가 살아가는 모든 환경 속에서도 시인은 그대를 발견하고 그대를 느끼며 함께 하려고 노력한다. 그러한 과정은 우리가 언제라도 숨을 쉬는 일과 같은 것이다. 이는 시인이 살아가는 모든 이유이며 존재 그 자체의 의미로서 그것은 곧 그대와 함께 하는 것이라 할 수 있다.

그대에게 묻고 싶다
사랑한 적은 있는가라고

그대 아픔으로 잠 못 이룬 적 있는가
그대 떨림으로 아파한 적 있는가
지금도 그대는 얻을 것이 너무 많아
돌아갈 곳을 잊지는 않았는가
스스로 만든 욕망의 울타리

그 높이만큼만 마음을 열고
살고 있지는 않았는가라고

잎사귀가 어떻게 제 몸을 떨구고 있는지
겨울나무가 어떻게 아프게 서 있는지
한 움큼 재가 된 아픔으로
뿌리까지 흔들며 견디어 냈는가를
처절히 온몸을 다해
불태웠는가를, 사랑했는가를
그대는 무어라고 말 하려는가

그냥 지나치라, 이야기 하지 말라 하지만
너와 나 사이 거친 돌, 땅만 얻는 슬픈 그대는
내민 손 애써 잡지 않으려 도망치지는 않았는가

그대에게 묻고 싶다
사랑한 적은 있는가라고

            ─「그대에게 묻고 싶다」전문

　위 시는 신호철의 시에서 그대에게 가장 담담한 어조로
다가서는 작품이라 평할 수 있다. 그만큼 이 시의 구성은
안정감을 주고 있다. 시인은 "그대에게 묻고 싶다 / 사랑
한 적은 있는가라고"를 시의 앞과 뒤에 배열하여 수미 상관
식의 구성을 보여준다. 그리고 이러한 흐름이 이 시를 대단
한 호소력으로 읽게 하는 역할을 하고 있다. 그 결과 이
작품은 시적 흐름이 전체적으로 중후하면서도 깊이가 있

다. 이어지는 2연에서는 그대에게 묻고 있다. 아픔으로 잠을 못 이룬 적이 있느냐고, 아파한 적이 있느냐고, 그대에게 재차 묻는다. 이어서 3연에서는 가을나무와 겨울나무에게도 시련을 겪고 그것을 잘 견디어냈는가를 묻고 있다. 이러한 물음은 설의법으로 구성되어 있는데, 이는 그것을 가장 강력하게 긍정하는 방법인 것이다. 그만큼 이 시는 단순하면서도 대단히 전달력이 높은 시적 구성을 보여주고 있다. 그만큼 시인은 삶을 사랑하고 적극적으로 다가서려 하는 것이다.

신호철 시인의 시를 읽는 과정은 무엇보다도 그대에게 다가가는 길인 것이다. 그대는 우리가 진정으로 마음을 연다면 언제라도 다가와 삶의 활력을 일깨워주고 생의 먼 길도 함께 힘차게 걸어가도록 해주는 힘이다. 우리 생을 진정한 가치와 신뢰로 밀고 나아가도록 하는 힘, 그것이 바로 그대일 것이다. 앞으로도 신호철 시인의 그대를 향한 사랑이 더욱 깊어져서 더 큰 울림의 시들이 이어지기를 기대한다. 시인의 첫 시집 출간을 진심으로 축하하면서 큰 박수로 그 기쁨을 함께 나누고자 한다.

김완하 | 시인, 한남대 교수

시와정신해외시인선 5

바람에 기대어

ⓒ신호철, 2019

초판 1쇄 | 2019년 8월 30일

지 은 이 | 신호철
펴 낸 곳 | **시와정신**
주   소 | (34445) 대전광역시 대덕구 대전로1019번길 28-7
           신창회관 2층
전   화 | (042) 320-7845
전   송 | 0507-713-7314
홈페이지 | www.siwajeongsin.com
전자우편 | siwajeongsin@hanmail.net
편   집 | 정우석 010_9613_1010
공 급 처 | (주)북센 (031) 955-6777

ISBN 979-11-89282-17-2   03810

값 9,000원